무당벌레

구경분 동시집

무당벌레

저 자 | 구경분
발행자 | 오혜정
펴낸곳 | 글나무
        서울시 은평구 진관2로 12, 912호(메이플카운티2차)
전 화 | 02)2272-6006
등 록 | 1988년 9월 9일(제301-1988-095)

2022년 10월 15일 초판 인쇄 · 발행

ISBN 979-11-87716-69-3 03810

값 12,000원

* 이 책은 2022년 인천형예술인지원사업에 선정되어 발간되었습니다.

무당벌레

구경분 동시집

내가 쓴 동시는?

읽으면 마음이 따뜻해져
아이들도 좋아하고
어른들은 더 좋아하는
그런 동시이기를 바랍니다.

2부 나팔꽃

3부 흥부와 놀부

4부 너 아니?

5부 도와주세요, 하느님!

6부 동아 이야기

1부
무당벌레

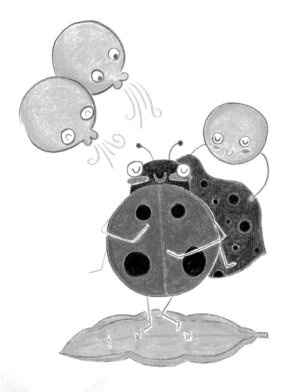

무당벌레

눈부신 주홍빛에
까만 점 땡땡

이쁘다 이뻐
반쪽짜리 콩.

방구벌레

건드릴 적마다
퐁!
퐁!

하하하
방구쟁이는
내가 아니야

너
너
바로바로 너야.

바퀴벌레

붕어빵 속에
붕어 보았니?

나도 그래
바퀴 없단다.

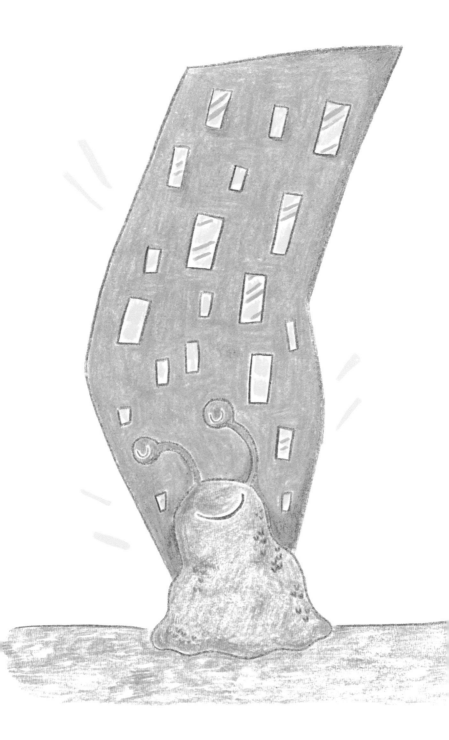

달팽이

어영차!
어영차!
나보다 힘센 놈 있으면
나와라 나와라

집 한 채
거뜬히 짊어지고도
비틀거리지 않고
스르르 스르르.

플라나리아

얼레리꼴레리
입이 배에 달렸대요

얼레리꼴레리
입으로 똥도 싼대요.

해캄

연못 가득
초록색 머리카락
누구 것일까?

별님들 밤마다 내려와
목욕하고 가시더니
깜빡 흘리고 가셨구나

반짝반짝
대머리 별님들
연못 속을 기웃기웃.

벌

어제는
호박꽃이 부른다고
호박꽃한테 간 너

오늘은
나팔꽃이 부른다고
나팔꽃한테 간 너

싫다
싫어!
아무 꽃한테 가는 너.

지렁이

풀을 뽑다가
아구 깜짝이야!

꽃을 심다가
아구 깜짝이야!

"놀라게 해서
죄송합니다."

파리

빌지 마라
내 앞에서 빌지 마라

나는 너보다
더 죄가 많단다.

자벌레

이리 재고
저리 재고
하루 종일 재기만 하네

기다리다 지친
맨드라미 아가씨
저녁노을 앞에서 하품하네.

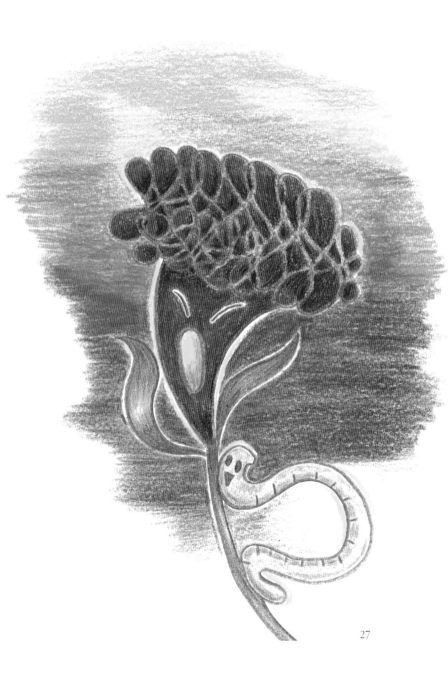

2부
나팔꽃

나팔꽃

은쟁반에 구르는
옥구슬보다
훨씬 더 아름다운
꽃나팔 소리
땅에서는 조용히
살아가려고
하늘에서 내려올 때
두고 왔어요.

코스모스

밤새도록
별님들이 만들었어요

분홍 바람개비
빨강 바람개비
하얀 바람개비

뱅글 뱅글
뱅글 뱅글 뱅글.

노루귀

고운 얘기만
귀담아들으려고

맑은소리만
귀담아들으려고

쫑긋쫑긋
쫑쫑긋.

금강초롱

통! 통! 통!
새파란 쇳물 부어
밤새 망치로 두드렸어요

망치 자국 울퉁불퉁
다 못 폈는데
아름다운 소리도
챙기지 못했는데

어머나!
해님이 벌써 오셨네요.

패랭이꽃

정말로
내가 널
좋아하는 이유

촌스러운 것
수줍어하는 것
크지 않은 것.

해당화

친구들이 놀려도
가만히 있던

친구들이 때려도
가만히 있던

진주를 닮았다
너는.

꽃과 나비

씨를 주어서
고마워요

꿀을 주어서
고마워요.

진달래꽃

봄비 촉촉이
내린 뒤
하늘에서
산 가득
내려보냈어요
분홍빛 나비.

시월의 벼

해님, 고마워요
땅님, 고마워요
비님, 고마워요
농부님도 고마워요

고맙고 고마워서
머리 숙였어요.

옥수수

자장자장
자장자장

업은 아기
하루 종일
내려놓지 않아요.

3부
흥부와 놀부

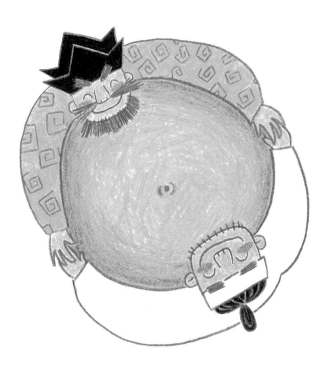

흥부와 놀부

세상에 하나밖에 없는 형님,
커다란 박이 두 개나 열렸습니다
저 큰 것 형님께 드릴게요
찾아갈 데가 있어 고마웠어요, 형님!

네가 올 적마다
대문 안으로 걸어 잠갔는데
쌀 달랄 때 보릿겨도 아까워했는데
이 커다란 박을 내가 가져도 되겠니? 아우야!

학과 여우

목이 긴 병에
맛있는 물고기를 넣어주셨네요
나를 이렇게 생각해 주시어
고마워요, 여우님!

이 납작한 접시
오직 나를 위한 그릇이군요
목이 긴 병이 나올 거라고
의심해서 미안해요, 학님!

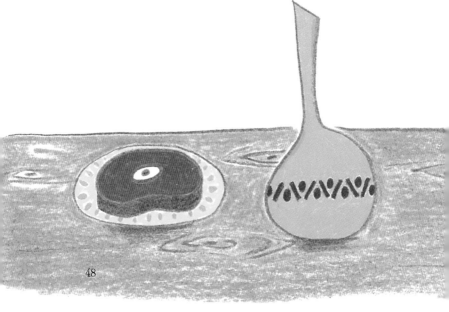

49

개미와 베짱이

따뜻한 물과 빵을 드릴게요
천천히 많이 드세요
여기 싸놓은 것은요
집에 갈 때 가지고 가세요
베짱이님!

따뜻하게 맞아 주시어 고마워요
친절만으로도 고마운데
물과 빵도 먹여 주시고
집에 가지고 갈 것까지도 주시다니요
고마워요, 개미님!

토끼와 거북이

내가 소나무 밑에서 잠잘 때
나를 깨워 손잡고 달린
사랑하는 내 친구 거북이야,
그동안 네게
느림보라고 놀린 것
미안해
정말 미안해

내가 느릿느릿 걷고 있을 때
앞서서 빨리 뛰지 않고
내 손 잡고 함께 걸어준 토끼야
그동안 네게
잘난 척 쟁이라고 속으로 욕한 거
미안해
정말 미안해.

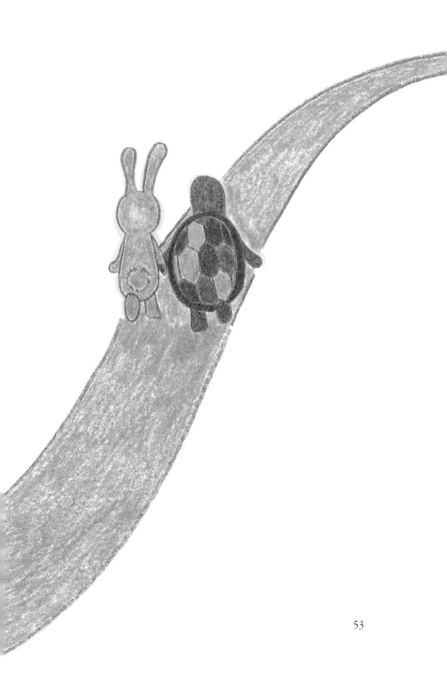

아름다운 기도

해가 쨍쨍한 날
우산 장수의 기도
"짚신 불티나게 팔리어
저 짚신 장수 부자 되게 해 주세요."

비가 구중구중 오는 날
짚신 장수의 기도
"우산 불티나게 팔리어
저 우산 장수 부자 되게 해 주세요."

용서 만발

질경이야, 민들레야,
너희들 용서해 줄게
먹을 수 있으니까

땅빈대야, 우산이끼야,
너희도 용서해 줄게
땅에 납작 엎드려 있으니까

꽃들보다 치솟아
우쭐거리는 풀만 뽑아낸
우리 집 꽃밭

풀 반, 꽃 반이다
그래도 이쁘다
용서가 가득해서.

진달래 화전

온 산에 진달래꽃 만발할 때
예수님 돌아가시어
사흘 만에 다시 살아나시니
진달래꽃도
예수님을 닮고 싶었어요

마음 헐벗은 이들
눈 즐겁게
마음 즐겁게 하더니
어느 날 화사한 떡이 되어
'다 이루어졌다.'

술래잡기

술래인데
열도 세기 전에
자꾸만 뒤돌아보아서
미안해

열까지 세면
네가 정말 없어질까 봐
나 혼자 마당에 남게 될까 봐
미안해, 다섯만 세고 돌아봐서.

가르쳐 주어 고마워

햇볕이 쨍쨍 내리쬐어도
비바람이 험하게 몰아쳐도
방글방글 웃는 것

땅바닥이 쩍쩍 갈라지도록
가뭄에 목이 말라도
하늘 원망 안 하고 조용히 기다리는 것

물 한 바가지 부으면
혼자 다 먹지 않고
옆에 있는 풀들에게도 나누어 주는 것

죽을 것 같이 목이 타도
스스로 죽지 않고 목숨 끈 잡고 있다가
비 내리면 다시 정신 가다듬는 것

도도한 장미꽃 앞에서도
기죽지 않고 당당히 가슴 펴고

자랑스럽게 꽃피고 열매 맺는 것

혼자서 우뚝 서지 않고
다 같이 모여 살아
'우리'는 아름답다는 걸 보여주는 것

이 세상 모든 풀꽃들아!
고마워
내게 이 많은 것들 가르쳐주어서.

병욱이 이야기

"영호야, 미안해
책상 위에 줄 긋고
넘어오면 죽인다고 한 거.
이 밥은 30년짜리 사과야."

30년 만에 사과를 받은
이젠 아줌마가 된 영호는
30년짜리 사과 밥을 먹으며
꽃처럼 활짝 웃었다

"나도 미안해
짝 바꿔 달라고
선생님께 말한 거.
통곡하며 엄마께 이른 거."

영호의 말 한마디에
30년 묵은 미안함이
사르르 녹아내린 병욱이는

오늘 열두 살 소년이 되었다.

4부
너 아니?

너 아니?

이른 아침 밭에 나가면
개구리가 폴짝 뛰며 오줌 싸는 거
너 왜 그런 줄 아니?

빠알간 왕토마토 위에
청개구리가 날름 앉아 있는 거
너 왜 그런 줄 아니?

잔디밭 풀섶에서
메뚜기들이 포르르 날아오르는 거
너 왜 그런 줄 아니?

고추잠자리 된장잠자리가
네 머리꼭지 위로 빙빙 도는 거
너 왜 그런 줄 아니?

네가 잘 지나다니는 언덕길에
뱀이 또아리 틀고 기다리는 거

너 왜 그런 줄 아니?

걔네들이 친구 하자는 거야
같이 놀아 달라는 거야
걔네들이 너를 좋아한다는 거야.

눈사람아, 미안해

말 못한다고 놀린 거
노래도 못 부른다고 놀린 거
다리 없다고 놀린 거
해님 앞에서 오줌 싼다고 놀린 거
미안해
미안해
미안해.

까치에게 사과를

봄날 콩 씨를 뿌리면
허락도 없이 빼먹는다고
눈총 주었던 것
미안해 까치야

여름이면
새빨간 토마토만 쪼아 먹는다고
눈총 주었던 것도
미안해 까치야

가을이면
잘 익은 홍시만 쪼아 먹는다고
눈총 주었던 것, 그것도
미안해 까치야

콩도, 토마토도, 홍시도
본시 내 것만은 아니었는데
우리들의 것이었는데

미안해, 까치야.

해님이 달님에게

밤까지 내가 밝으면
네가 밝을 날 없으니까
밤엔 잠깐 숨는 거야

조금은 덜 밝아서
별들까지 살려 주는
그 고운 마음을 사랑하는 거야

한없이 커지는 게 미안해서
다시 작아지는 네가 좋아서
산 뒤에 숨어 너를 보는 거야

너 향한 그 마음 너무 뜨거워
낮엔 활활 타오르는 거야
눈부시게 빛나는 거야.

혹시나

비 내리는 날
두 눈 감고 빗소리 들으면
누군가가
내 창 밑에 서서
톡톡 창문을 치는 것 같다

비 내리는 날
두 귀 쫑긋 세우고 숨죽이면
누군가가
내 창문을 향해
자박자박 걸어오는 것 같다.

아침 풍경

오늘 아침에도 놀러 온 산까치들
산수유 나뭇가지에서
휘익 내려온 한 마리
누리 밥그릇 사료 한 알 물고 가

소나무 숲에서 휘이익 날아온
세 마리 중 하나가
따찌 밥그릇 가에 앉아
따찌 밥을 콕콕콕

두 마리는
고미 밥그릇에 붙어서
너 한 알 나 한 알
정답게 나눠 먹어

배부른 산까치들
절대로 울지 않아
좋아서 잔디밭을

콩콩콩 뛰어다녀

우리 집 착한 개들
산까치가 제 밥 먹어도
쫓지 않아
그냥 가만히 보고 있어.

비밀

쉿!

낙엽은 떨어질 때

낙엽은 떨어질 때
울지 않아요
춤을 추어요.

나를 만든 사람들

여섯 살 날 두고 하늘 가신 어머니
열 살 나를 두고 하늘 가신 아버지
여섯 살까지 업어 키운 큰언니
중학교 공부시킨 둘째 언니
고등학교 공부시킨 셋째 언니
밥해 먹여 키운 넷째 언니
대학 공부시킨 오빠
시집보낸 올케언니

저분들 아니었음
오늘의 나도 없다

고아원 갖다주지 않고
길러 주길 참 잘했다고
공부시켜 주길 참 잘했다고
사랑해 주길 참 잘했다고
두고두고 자랑할 수 있도록
저 위 여덟 분 중 남은 네 분한테

이 세상 마지막 날까지
아주아주 잘 대해 드릴 거다

아프지 않아 걱정 안 끼치고
방글방글 웃는 모습 자주 보여드리고
맛있는 거 만들면 갖다 드리고
정신없어 헛소리해도 짜증 안 낼 거다
보고 또 보아도 이쁜 막내 될 거다.

다섯 잎 클로버

네 잎 클로버를 찾다가
다섯 잎 클로버를 찾았다

주희가 다섯 잎 클로버를
병신 클로버라 했다

얼른 버리고 다시 찾는데
아무리 찾아도 네 잎 클로버는 없다

시든 다섯 잎 클로버를 다시 주웠다
병신이라는 데도 이쁘다.

5부
도와주세요
하느님

도와주세요, 하느님!

길고 긴 공룡 이름을 못 외워서
손자가 나를 멍텅구리로 압니다

복잡한 블록을 꿰맞추지 못해서
손자가 나를 바보로 압니다

요즘 유행하는 게임을 할 줄 몰라서
손자가 나를 놓고 한숨을 폭폭 쉽니다

하느님, 한 달 동안만
제게 총명한 머리 잠깐 빌려주세요

공룡 이름 다 외우고 블록 척척 맞추며
게임 척척할 수 있는 머리를 잠깐 열어 주세요.

신통방통 꼬부랑통

응애 응애 울다가
뭉깃뭉깃 기다가
아장아장 걷다가
통통통 뛰어요 이제는

옹알 옹알 하다가
마미 마미 하다가
암미 암미 하다가
함미라고 불러요 이제는

앞니만 삐죽이 내밀었던 외손자 규민이
어느새 어금니도 다 났어요
아삭아삭 사과도 씹어 먹구요
오독오독 날밤도 씹어 먹어요.

(규민이 태어난 날: 2009년 1월 4일)

꿀잠이 세상 소풍 나온 날

열 달 꼬박 엄마 뱃속에
동그랗게 쪼그려 살던 꿀잠이

그 속에 더 있으려고
이틀을 버티고 있다가
안 나오려고 거꾸로 서 있다가
열두 시간 긴긴 고통 엄마한테 주다가
엄마 배를 가르고야 나온 꿀잠이

우와!
길쭉길쭉
기골장대
삼점오 킬로그램!

꿀잠이 발에 꽃신 신겨 줘야지
꿀잠이 밟는 길에 꽃 심어 줘야지

하하하!

기분 좋다

꿀잠이 이 세상 소풍 나온 날!

(서진이 태어난 날: 2018년 1월 31일 오후 4시 7분)

애교 누리

자빠져
자빠져
나만 보면 자빠져

대문 열고 나가면
대문 앞에 자빠져
잔디밭에 나가면
잔디 위에 자빠져

밥을 줄 때는
밥그릇 위로 자빠져
김을 맬 땐
내 다리 사이로 자빠져

나는 가만 있는데
지가 괜히 자빠져
홀라당 자빠져.

재주꾼 따찌

우리 집 개 따찌는
순풍순풍
새끼도 잘 낳지
벌써 일곱 번째
요번엔 두 마리야

그 좋은 재주
주렁주렁 아기 갖고 싶어 하는
내 딸한테 주면
얼마나 좋을까?
얼마나 좋을까?

천하장사 고미

삼십 킬로그램 몸무게
큰바위 얼굴
새하얗고 긴 털

네 마리 개 중
가장 큰 우리 고미
힘도 장사지요

육십 킬로 할머니 힘은 힘도 아냐요
칠십 킬로 할아버지도 끌려다녀요
짖는 소리도 컹컹 우렁차지요.

라라 이야기 1

귀 쫑긋 눈 동글
이쁘고 착한 라라
화수동성당에서 피정 왔어요

낯설어
밥도 잘 안 먹고
만지려 하면 피해요

살 통통 찐 거 보면
잘 먹고 지냈나 본데
스킨십 안 받아 봤네요

귀한 육포 잘게 잘라
라라 앞에 쪼그려 앉아
환심 사려 노력해요

사람한테도 안 떠는 아양을
개한테 떨어요
나는.

라라 이야기 2

날마다 최상의 간식으로
사료 속 숨긴 햄 조각으로
줄기찬 눈맞춤으로
넓은 들판 산책으로
일편단심 마음 기울였더니

열흘 만에 마음 빗장 푼 라라
손도 핥고 신발도 핥고
꼬리도 치고 귀도 깔고
요리조리 뛰면서 애교도 부리고
요상한 소리 내며 반기기도 한다

무조건의 정성
사심 없는 사랑 속에선
굳은 마음도 풀린다는 걸
사람 아닌 개에게서 배운다
나는.

라라 이야기 3

이곳 생활 두 달이 채 안 되었는데
이젠 완전히 식구로 자리매김하여
기존에 있던 애들보다
더욱 소리 크게 내어
조를 줄도 안다

두 발로 꼿꼿이 서기도 하고
찌익찌익 소리 내며 관심도 끌고
귀 뒤로 깔고 꼬리 흔들며
요리조리 뛰면서 애교도 부린다

시한부로 있을 아이라서
정 깊이 들면 안 되는데
착하고 잘 따르니
저절로 정이 간다
내어줄 때 울 것 같다.

라라 이야기 4

우리 라라는
간단하지만 족보가 있다

따찌의 딸
누리의 여동생
고미의 누나

아쉽게도
아빠는 누군지 모른다

우리에게 하느님이 계시듯
라라도 하느님 같은 존재가 있다

개들의 할아버지 아우구스티노
개들의 할머니 아우구스티나

하느님을 모르는 우리 개들은
우리를 하느님 같은 할미 할애비로 안다.

6부
동아 이야기

나는 못난이

내가 꺾어다
선생님 책상 위 꽃병에 꽂았던
그 커다란 다알리아꽃

내가 따다가
순덕이한테만 주었던
빠알간 꽈리 두 개

내가 잡아다
달자한테 준
방아깨비 한 마리

그거 모두 너를 주고 싶었는데
애들이 뭐랄까 봐
못 주었다, 동아야.

저기 말이야

동아야,
내가 맨날 너한테
지우개 빌려 달라고 했을 때
날마다 잘 빌려줘서 고마워

저기 말이야
난 사실 그때
지우개가 가방 속에 있었어
너한테 그냥 말이 걸고 싶었던 거야.

동아야

내 맘속에
영원한 피터팬 동아야
나는 지금도
냉이꽃을 보면
네 생각이 난다

풀꽃이라고 버릴까 봐
네게 못 주었던
저 냉이꽃을 보면
검은 눈 초롱초롱
네 생각이 난다.

그냥

나는
그냥 쳐다만 봐도
눈물이 나는 꽃들이 있지

아무 말 안 하고
가만히 들여다보면
그냥 눈물이 나는 꽃들

개나리
개망초
하얀 민들레

동아야!
너는 그런 꽃 없니?
쳐다만 봐도 눈물이 나는.

동아가 박수를 칠 때

내가 백점을 받으면
내가 달리기 1등을 하면
내 그림이 교실 뒤에 붙으면
동아야, 네가 박수를 쳤지?

네가 박수를 칠 때마다
나는 숨이 꼴딱 넘어갈 것 같았어
순덕이 그림을 보고도 박수를 칠 때
나는 하루 종일 눈물이 났어.

후회

나는 참 바보야
마음속에 네가
한가득 있었는데도
너한테 한 번도 그 마음을
보여 주지 않았지

한참 세월이 흘러서
돌이킬 수도 없는 지금 나는
그때 단 한 번이라도
너를 좋아한다는 말
못 해준 게 아쉽다

지금 만나면 이렇게밖에
말할 수 없는 게 슬퍼
"동아야!
나는 예전에 너를
되게 좋아했었다."

너 때문이야

이쁜 꽃을 들여다보고 있노라면
죽어서 꽃이 되고 싶다고 생각하지

멋진 나무를 쳐다보노라면
죽어서 나무가 되고 싶다고 생각하지

그러다 가끔
사람으로 다시 태어나고 싶다는 생각도 하지

그건 바로 너 때문이야
동아야!

군고구마

난로가 혼자서
장작을 한입 가득 먹고서
너무너무 미안해
동그란 구멍 속에 든 고구마를
말캉하게 익혔습니다.

호오! 호오!
이 따끈한 군고구마 하나
동아에게 주고 싶습니다
이 겨울이 다 가기 전에.

내가 만약

내가 만약 죽어
다시 태어난다면
사람으로 다시 태어나고 싶다는 거

일찍 죽지 않는 부모를 만나
엄마가 아빠가 어떤 느낌인지
한번 느껴보고 싶다는 거

쭈뼛쭈뼛 말 못해서
멋진 너를 잃는 일 없겠다는 거
내 이런 꿈을 동아야, 너는 아니?

누구냐고요?

시시때때로 동아가 생각나서
동아 이야기를 시로 씁니다

시를 보고 사람들이
궁금해서 죽는대요

어떤 사람은 동아가
자기였음 좋겠대요

어떤 사람은 자기가
동아일지도 모른대요

그런 동아가 누구냐고 물으면
나는 그냥 웃지요.